Desperate Zombie

Text: Welzard
Zeichnungen: Renji Kuriyama

1

TOKYOPOP®

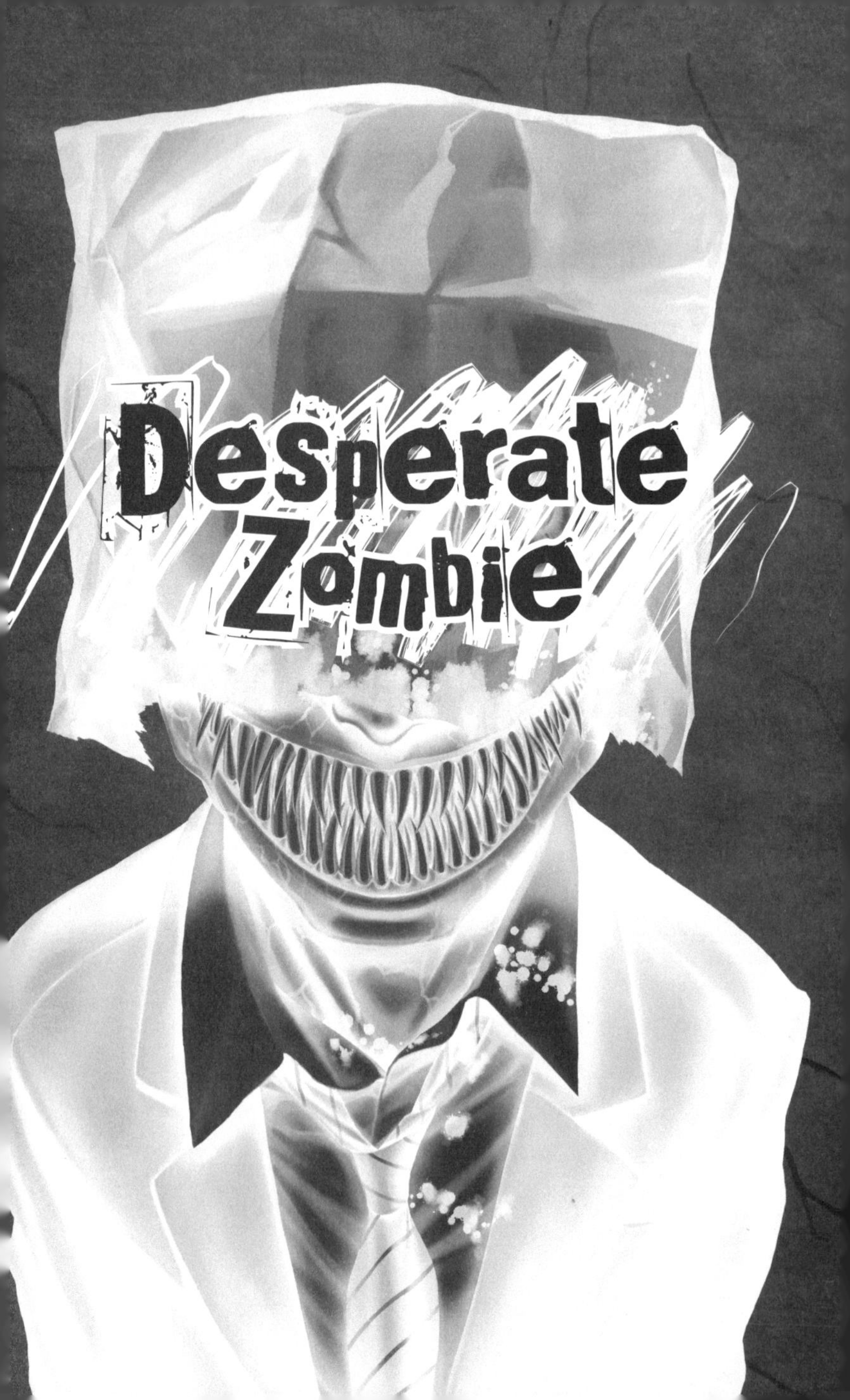
Desperate
Zombie

PIEP
Das macht 98 Yen*.
*Etwa 0,75 €.
Geht's auch ohne Tüte?
Ja.
Danke ...!
KLACK
Schon wieder so ein unhöflicher Angestellter ...

KNACK
!
Hm?
Ah ...
Ah ...
Argh ...
Ah ...
Argh ...
Können die zum Rummachen nicht woandershin gehen?

Argh ...
Ts!
Aber das sind Männer, oder?
Ah ...
ZUCK
ZUCK
Irgendwas stimmt doch hier nicht ...?!
POCH POCH
POCH POCH
Soll ich es melden?
RRRATSCH

UUUAAARGH!!

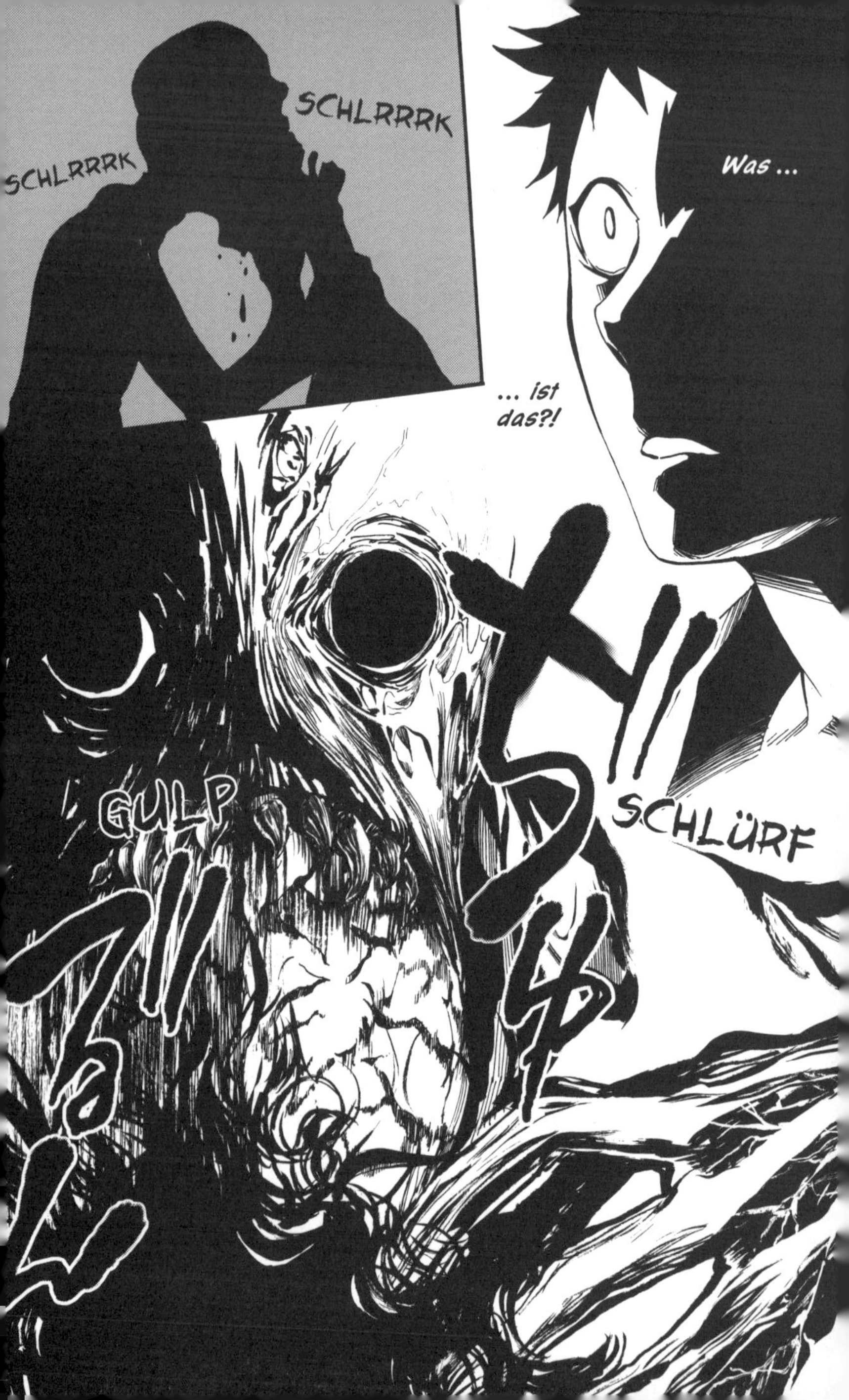
Was ...
... ist das?!
SCHLRRRK
SCHLRRRK
SCHLÜRF
GULP

FLETSCH
MATSCH
FLETSCH
MATSCH
Was zur Hölle ...
MATSCH
FLETSCH
Aaa ...
... rgh!
SCHLRRRK
... frisst er da?!

GULP
GLOP
MATSCH
MITSCH
SCHLURP
Er hat ihn ...
... kom-plett ...
SCHLECK
SCHLECK

SCHLÜRF
GIER
Scheiße
...

Schei-ße! Schei-ße!
So eine Scheiße!
Scheiße!!
Wenn ich nicht schnell abhaue ...
... frisst er m...
POCH POCH
POCH POCH

POLTER

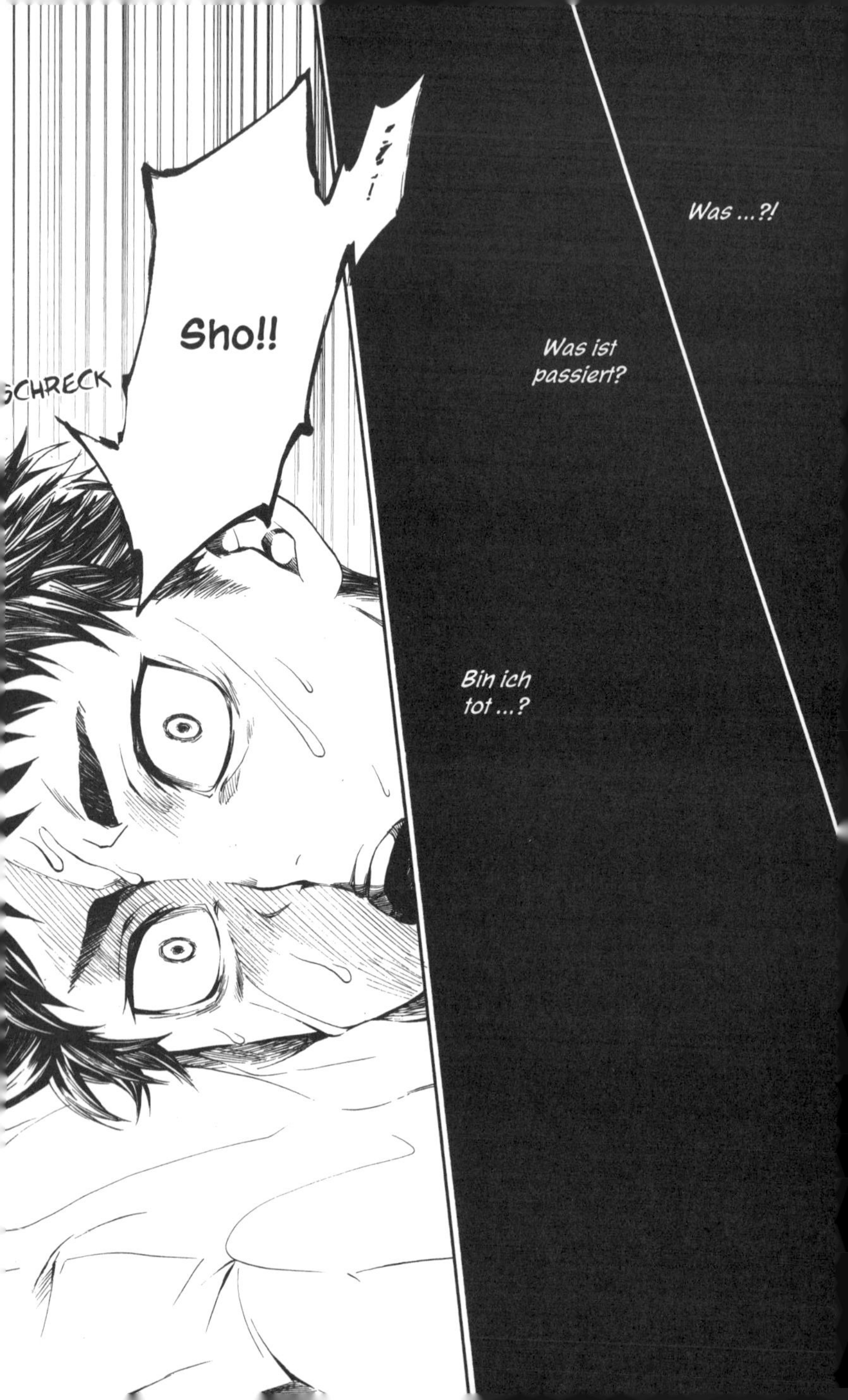

Was ...?!
Was ist passiert?
Bin ich tot ...?
...!
Sho!!
SCHRECK

Steh endlich auf!
WUSCH
Wir kommen zu spät zur Schule!
Ich bin ...
... daheim?
Seit wann?
SCHÜTTEL
Also echt!
SCHÜTTEL

Gebäude, in dem üblicherweise Kampfsportarten trainiert werden.

RAUSCH
Was geht hier ab?
PLATSCH
PLATSCH
War das ein Traum?
GIER
Nein, das war echt.
MATSCH
WÜRG

Aber wenn das alles echt war, warum hat es mich nicht gefressen?
War das Monster schon weg, als Yoko mich gefunden hat?
Hab ich vielleicht unappetitlich ausgesehen ...?
SCHLÜP
GULP
WUSCHEL
Graaah, grübeln bringt nichts!
USCHEL
KLACK
Endlich bist du wach!
KLACK
BRUTZEL
SCHNIPP
ZAPP
ZAPP
Nicht fernsehen, iss lieber schnell dein Frühstück!
ZAPP

Sag mal ...
Kam in den Nachrichten was von einem Mord in der Nachbarschaft?
ZAPP
M... Mord?!
Von so was hab ich überhaupt nichts gehört.
Oh, okay ...
Keine Meldung ...
Dann wird mir das niemand glauben.
Die wichtigst
Neuigkeiten
7:46
Hier!
GADONK
Heute hab ich was richtig Gutes gezaubert! Alles aufessen, klar?
......

Hab zwar kein gutes Gefühl, aber ...
... vielleicht schmeckt's ja.
»Vielleicht schmeckt's ja«? Frechheit!
Oh ...!
Willst du gar nichts essen?
Nö.
Ganz sicher?
Die Sache gestern ...
Mir geht's gut.
Ich geh dann mal.
Genau, mir geht's gut.
PIEP
POLTER
Also ist es am besten, wenn ich einfach nichts tue.

GLUCK
GLUCK
Sho!

Morgen!
PIEP
Chinami ...
Nanu?
Du siehst blass aus!
Hn ...
Na ja ...
Konnte heute Mor-gen nichts essen.
Oje!
Das ist aber untypisch für dich.
Kommt vor.

Im Gegensatz zu dir und Yoko komm ich auch mal ohne aus.
Ach ja, wo steckt denn Yoko? Seid ihr heute nicht zusammen unterwegs?
Nein, heute nicht.
Sie hat geschrieben, dass sie verschlafen hat und später kommt.
Hm ...
Ob sie erschöpft ist, weil sie mich gestern nach Hause tragen musste?
Sie ist größer und stärker als ich, das würde ihr doch nicht so viel ausmachen ...
GADANG
GADANG
DUDELUDELUDELU
......
Ob Yoko es gesehen hat ...?

Stimmt was nicht, Sho?
Du siehst die ganze Zeit schon so besorgt aus.
Hm?
Wenn du so ein Gesicht machst, versteckst du normalerweise was.
LÄCHEL
Typisch Chinami!
Ach, keine große Sache.
Hm ...
Du kannst es mir ruhig sagen!
Yoko erzählst du doch auch alles ...
Warum redet sie jetzt von Yoko?

Yoko ist für mich eben eher so was wie ein Mann ...
Wie fies!!
Ob wir was unterneh-men oder im Dojo Karate üben ...
Mit ihr kann ich besser reden, sie ist wie ein Bruder für mich.
GADANG
Ich will lieber nicht mehr daran den-ken.
GADANG
Ich will's einfach verges-sen.
Also frag bitte nicht mehr danach, okay?
GADANG
Na klar, das war einfach nur ein Traum.
GADANG
GADANG
GADANG
GADANG

QUASSEL
QUASSEL
BLA
BLA
BLA
BLA
QUASSEL
QUASSEL
QUASSEL
QUASSEL
STILLE

KICHER
KICHER
Was ist das für eine Stimmung?
TUSCHEL
FLÜSTER
?
!
Uh...
Riecht's hier nicht etwas komisch?
SCHNÜFF
SCHNÜFF
Also ich rieche ni...

IN DIESER KLASSE GIBT ES EINEN MENSCHEN-FRESSER!

Aen-
chen-
esser
...

Soll das ein Streich sein?
Auf so was fall ja nicht mal ich rein.
Oder, Sho?
Wenn dieser Zettel ...
... sich auf das Monster bezieht, das ich gesehen habe ...
... heißt das, irgend-jemand hier hat es auch gesehen ...

Jetzt, wo ich darüber nachdenke ...
KNACK
MATSCH
Haben die beiden nicht ...
unsere huluni- rmen ragen?!
PANIK

Das kann nicht sein …
Es ist also jemand aus dieser Klasse?!

Sho Uraya			Kota Egawa
Yaeko Ooi			Jueru Ono
Oki Kato			Shuto Kido
Ayane Kujo			Leona Komori
Hironaga Satake			Rina Sayama
Shingo Shikata			Kaito Shimura
Yoko Sumida			Gen Seima
Marin Segawa			Hiroshi Seto
Kazumi Sonoda			Junya Takamura
Chinami Takigawa			Masanori Tachiki

Eri Tamaki			Yujiro Chisaka
Yudai Chimura			Akira Totsugi
Michiru Nagahori			Shizuka Nagahori
Sakura Nikaido			Ryusei Niwa
Takehiro Numata			Hideaki Negishi
Genki Hiromine			Mitsuki Mano
Tatsuomi Murata			Taichi Meguro
Misato Yaguchi			Yukizo Yoshida
Tomoyuki Waki			Manami Watanabe

In dieser Klasse sind insgesamt 38 Schüler.

IN DIESER KLASSE GIBT ES EINEN MENSCHEN-FRESSER!
QUASSEL
QUASSEL
KLACK
Dämlicher Spaßvogel.
Uff.
Wäre seltsam, wenn es jemand glauben würde ...
Ge-schafft!

KEUCH
Das war knapp ...!
Ich bin nicht zu spät, oder?
Yoko!
Nein, ganz knapp!
Yoko ...
Ich muss mit ihr über gestern reden ...

Pu-uuh ...
Man sieht dein Höschen.
Oh, Morgen!
Alles klar bei dir, Sho?
Warum lagst du da gestern bewusstlos rum?
Tja ...
Du hast mich nach Hause gebracht, oder? Danke.
Passt schon
Bestimmt bist du in was Seltsames reingeraten ...
... und hast dir eine gefangen, hab ich recht?
BOX
Ha ha ha!

Tag, Herr Lehrer!
Guten Morgen!
Okay, Leute! Hinsetzen!
Wenn sie so darüber redet, hat sie das Ding wohl nicht gesehen ...?
!
Was soll das denn?
IN DIESER KLASSE GIBT ES EINEN MENSCHENFRESSER!
Also echt ...
Lasst doch diese blöden Witze.
Ihr seid jetzt in der Highschool!
Wer auch immer das aufgehängt hat, kommt nach der ersten Stunde zu mir, verstanden?
Also, die Anwesenheitsliste ...
Sho Uraya?
Hier!

Kota Egawa?
Hier!
Yaeko Ooi?
H ... Hier ...
Jueru Ono?
Hier ...
Ayane Kujo?
Hier.
Kaito Shimura?
Hier ...
Junya Takamura?
Ja, ja, hier!
15 Hiroshi Seto
16 Kazumi Sonoda
17 Junya Takamura
18 Chinami Takigawa
19 Masanori Tachiki
20 Eri Tamaki
21 Yujiro Chisaka
22 Yudai Chimura
23 Akira Totsugi
Eri Tamaki?
Nanu?
Ist Eri nicht da?

Da ist sie ja!
Eri, jetzt antworte endlich! Laut und deutlich, komm schon!
Junya, hinsetzen!
Eine leise Antwort ist auch okay, aber antworten musst du.
Sie ist so schüchtern!
FLÜSTER
Übel.
FLÜSTER
Hi!
Hi!
POFF
Klar?

Auf ein Neues.
Eri Tamaki?
GLIIITSCH

KLONG

Hä?!
Wa... ?
Ach ja ... ♪
Haaa ... ♪
Schönes Wetter heute!
SCHEPPER
WAAAH
POLTER
KREISCH
ZUCK

?!!
KNALL
OLTER
POLTER
POLTER
W...
Was ...?!
Was ist hier los?!
WÜRG
POLTER
LUMPS

Klassenra
TRAMPEL
Sind Sie ver-letzt ?!
H... Herr Saito?!

?
Was ist das denn?
KREISCH
Ein Puppenkopf?
TROPF
ROPF
GLITSCH

A...
AHHH!
PO... POLI-ZEI!!!!
TATAAA
TATÜÜÜ
TATÜÜÜ-

Ganz schön viel los. Schul-fest?
Tippe auf den Mord am helllichten Tag. In der Schule.
Die Welt ist echt am Ende ...
BREMS
Wo sind sie jetzt alle?
Im Erdge-schoss, glaube ich.
BADANK
Sonderlehrzimmer

17, 18 …
19 sind's. Also ist die Hälfte nach Hause gegangen …
Huu …
Huu …
Warum …
Warum Eri?
Keine Ahnung. Abe wenn dieser Zettel stimmt …
So ein Blödsinn!
Was für ein Zettel?
Der, für den uns Herr Saito heute Morgen ermahnt hat.
Darauf stand, dass es in unserer Klasse ein menschenfressendes Monster gibt.
Bitte was?

Als gäbe es so was wie Monster!
Das muss jemand gewesen sein, der nicht ganz richtig im Kopf ist!
G ... Genau!
So ein Bescheuerter hat Eri umgebracht!
Jemand hat ihren Kopf ausgehöhlt ...
ZUCK
... einen Stab durch sie gestoßen ...
... und sie auf ihren Platz gesetzt.
Das kann ur ein Wahnsinniger gewesen sein!

Sho!!
PACK
Wie kannst du so ruhig bleiben?!
Das ist doch komisch!
Ich bin nicht ruhig ...!
Aber ... ich hab gestern schon was Ähnliches erlebt.
Was ?!
W... Wie meinst du das?
Kurz bevor du mich gefun- den hast ...
... hab ich gesehen, wie ein Monster einen Men- schen gefres- sen hat.

Hör auf mit diesen blöden Witzen!
Ich sage die Wahrheit!!
In so einer Situation lüg ich doch nicht!
K... Kann schon sein, aber ...
Das glaubt dir doch keiner, oder, Yoko?
Ich ...
Du hattest keine Verletzung und warst einfach weggetreten.
Es fällt mir zwar schwer, aber ...
... glaube dir, Sho.

Da muss er schon etwas ziemlich Schockierendes erlebt haben.
Aber ...!
Ihr da, gebt endlich Ruhe!!
PAMM
Ich weiß, dass ihr aufgewühlt seid ...
... aber ihr macht den anderen Angst!
Sorry ...
Wir sind ruhig.
Falls jemand sich nicht gut fühlt, soll er sofort ins Krankenzimmer gehen.
Wir sollen der Polizei zwar helfen ...
... aber übernehmt euch deshalb nicht!
Das sagt der Richtige.

Bevor du dir um andere Sorgen machst, solltest du mal in den Spiegel gucken.
Wenn sich hier jemand übernimmt, dann du.
Die Worte eines coolen Profiboxers!
Was sollen wir überhaupt hier?
M... Mir geht's hervorragend!

Können wir nicht endlich heimgehen?
Drei mehr oder weniger machen doch keinen Unterschied!
Eigentlich reicht doch der Klassensprecher!
So einfach ist das nicht!
Dir ist vielleicht was aufgefallen, was ich nicht bemerkt habe!
Hä?
Die ganze Klasse hat's doch gesehen!
Ob ich jetzt ...
Rin!

Jetzt spiel schon mit.
Ru ...?!
Meinst du das echt ernst?
Ungewöhnlich für Jueru ...
N... Na gut!
Fassen wir das Geschehen zusammen, bis die Polizei da ist!
Jetzt?!
Spinner ...
Hältst du das für einen Detektivfilm?
N... Natürlich nicht!

Wir sind die Anwesenheits- liste durchgegan- gen und Eri hat nicht geant- wortet.
Herr Saito hat ihr mit der Liste auf den Kopf geklopft, sie war schon tot ...
Richtig?
NICK
NICK
Ich meine, alles an- dere!
Wie lange hat Eri schon so dageses- sen?
Ist doch seltsam, dass niemandem aufgefallen ist, dass sie schon lange tot war!
Er hat recht.
SCHOCK

Warum hat es niemand bemerkt?!
Hi hi hi ...
Habt ihr nicht was vergessen?
Der Zettel an der Taaafeeel ...
Ein Menschenfresser? Hört sich nach einem Zombie aaan!
Ich weiß nicht, Rina.
Der Zettel muss damit doch nichts zu tun haben.
Eri kann ja schließlich nicht selbst geschrieben haben, dass sie gefressen wurde!
Kch!

*Ein Spiel, das sich um das Sammeln z. B. von seltenen Spielfiguren dreht, die oft mit echtem Geld erworben werden können.

O... Okay, lassen wir den Zombie mal außen vor.
6:00 Uhr - Schule wird geöffnet
Erstes Erscheinen
Morgenübungen
Klassenstund
Anwesenheitspr
Wer hat den Zettel geschrieben?
Und seit wann war Eri da?
Wer von uns war heute zuerst da?
Du nervst echt!
POLTER
Was?
Hast du vor, auf jemanden zu zeigen und zu sagen: »Du warst es«?
Wenn das jemand sagen sollte, dann ich.
Zu mir passt das viel besser.
......

HEB
Die haben Probleme ...
!
Oger?!
VERSTECK
Warst du als Erstes da?
Nein ...
Als ich gekommen bin, waren schon Eri und zwei andere da.
Wer waren die beiden ...?
Wer war es?!

Mitsu-
ki und
...
... Hiro-
naga.
TRATSCH
TRATSCH
Wer von
den beiden
hat Eri also
...?
Kraaass
...
TUSCHEL
Wohnt
Hironaga
nicht ne-
ben Eri?
TUSCHEL
Waren
es bei-
de?!
TUSCHEL

Puuuh …
Also echt, Leute …
Glaubt ihr wirklich, dass Mitsuki und Hironaga sie abgemurkst haben?
Möglich wär's doch.
Blödsinn. Was sollte denn ihr Motiv gewesen sein?
Womit könnte die unscheinbare Eri so viel Groll auf sich gezogen haben, dass sie sie auf so eine Weise umbringen?
Ich kann mich nich erinnern, dass sie auf Eri mal wütend waren.

SST
Pardon.
Ich würde euch gern ein paar Fragen zu dem Vorfall stellen.
Einer nach dem anderen in die Bibliothek, okay?
Jetzt wird's ernst!
Ich will ein Foto machen!
Nicht so Forsch, Inspektor Yamazoe, das sind doch nur Schüler!
Oh, mein Name ist Morishita.
Wir gehen nach der Anwesenheitsliste. Wer ist zuerst dran?
Ich!
Oh!

?
?
Gehen wir.
Er nimmt Leute gerne etwas genauer unter die Lupe.
FLÜSTER
Er wird dir bestimmt Angst einjagen, aber keine Sorge.
KLOPF
Wir haben nur ein paar Fragen an dich.
KLOPF
O... Okay ...
Ähm ...

Denken Sie, dass es ein Schüler war?
Hm?
Wir sind hier, um das herauszufinden.
......
Das kann kein Schüler gewesen sein.
Ob ich ihnen von dem Monster erzählen sollte ...?

?
Hey, was treibst du? Komm schon!
Was ist denn los? Was gibt's da zu se...

Wa...
Was zur ...
SCHNAPP
Sieh nicht hin!
Morishita, rufen Sie die Zen-trale an!!
S... Sofort!!

Das ist ...
... ver-dammt übel.
ZUCK
ZUCK

HCHRRRRK

Junge!
Geh wieder ins Klassenzimmer zurück!
Wir reden später!!
Was in aller Welt ...
... geht hier vor?
SCHWANK
SCHWANK
Das kann doch nicht real sein ...
SCHIEB
Hey.

Das ging aber schnell.
Ich dachte, es würde länger dauern ...
Kota ist als Nächstes dran. Na los!
Nein ... du musst nicht gehen ...
KLANG
?
Wie meinst du das?
Es ...
Es gibt schon wieder einen Toten.

?!
RUMPEL
Ähm ...
Also nicht Eri, sondern jemand anders ...?
......
Drüben ...

... auf dem Dach des Schulgebäudes ist doch ein Blitzableiter.
... wurde jemand aufgespießt.
Da ...
QUASSEL
QUASSEL
QUASSEL
QUASSEL
QUASSEL
O... Okay ...

Ich werde mir das ansehen. Ihr bleibt hier!
Warte, ich komme mit.
Wa... ?
POLTER
Ich auch!
Das ist bestimmt das Werk eines Zombies!
Ihr seid doch ...
Sho, du führst uns hin.
Was ?!

W... Warum ich?
Wir haben doch keine Ahnung, wo wir suchen müssen!
KICHER
Drüben auf dem Dach, hat er doch gesagt. Reiß dich zusammen.
W...
Wartet ...!
Sho ...!
Sho!
Stimmt das?
Ja ...

KREISCH
AAAAHHH
Das gibt's nicht ...
TRAPP
TRAPP
Yo-ko ... was sollen wir tun?
S... Sehen wir uns das an.
Ihr auch noch?!
TRAPP

KREISCH
AAH!
KREISCH
RÜTSCH
RUTSCH

Es reicht ...!
Warum passiert das alles?!
Ich glaube ...
... mit dieser Leiche stimmt was nicht.
KLACK
Furcht-bar ...

Tatsu-omi ist der Meinung ...
... die Leiche auf dem Dach ist ...
Kein Zweifel, das ist Kaito aus unserer Klasse.
Kaito ...
Er war mindestens genauso unscheinbar wie Eri ...
Schien niemand zu sein, den man so sehr hasst, dass man ihn umbringt.

Das war kein normaler Mord ...
H... Hey!
Was meint er damit?
Puh ...
06:00 Uhr - Schule wird geöffnet
Erstes Erscheinen
09:00 Uhr - Klassenstunde Anwesenheitsprüfung
Lauscher aufsperren.
KRITZEL
Kaito wurde auf dem Blitzableiter aufgespießt.
KRITZEL
WÜRG
Der Teil, der aus seinem Mund ragte, war rot vor Blut ...
KRITZEL
KRITZEL
Was sagt uns das?

Dass …
… der Täter Kaito über drei Meter hochgetragen …
… und ihn dann auf den Blitzableiter fallen gelassen haben muss.
Scherzkeks!
Es gibt nicht mal eine Treppe zum Dach …
… und dann ist der Täter noch drei Meter in die Luft geflogen?!
Aber all das hier ist real!
Solange wir nicht wissen, wer oder was der Täter ist …
… können wir uns nur selbst beschützen!

SCHLUCK
Hört ihr mir ...
... kurz zu?
Sho ...
Sho ...!
Gestern Abend hab ich etwas Unglaubliches gesehen ...
Ges-tern?
Im Mo-ment geht's eigentlich um heute.

CHLURP
Das weiß ich, aber ...
... ich hab tatsächlich einen gesehen.
Einen Menschenfresser.
STILLE
Haha ...
Hör doch auf, Sho.

Kein guter Zeitpunkt für einen Scherz.
Bleiben wir lieber mal ernst ...
BRÜLL
RUMPEL
Genau das!
Es muss ein Zombie sein!!
Er frisst Menschen.
Er ist unser Täter!
Das glaube ich auch.
Nur ...

... das Monster gestern hat nicht nur das Gehirn ...
... sondern den ganzen Menschen mit Haut, Haaren und sogar Kleidung gefressen.
Eri und Kaito aber ...
... wurden geradezu zur Schau gestellt.
Das ist es, was mich stört!
Jedenfalls ...
... ist es egal, ob dieses Vieh die beiden getötet hat oder nicht.
So oder so sind wir alle in Gefahr.

Genau.
Deshalb sollten wir uns daran halten, was die Lehrer und die Polizei ...
Wär's nicht besser, es zu suchen?
Das Monster.
Bevor wegen Eri Panik ausgebrochen ist, hat Kaito ganz normal auf seinem Platz gesessen.
Er saß vor mir, deshalb weiß ich das.
Jueru?

Aber ...
... sind das nich viel zu wenig Infos, um den Täter zu finden?
Nicht wirklich.
Nachdem die Panik ausgebrochen ist, ist nicht allzu viel Zeit vergangen ...
... bis wir in dieses Zimmer gekommen sind.
Niemand, der hier ist, hätte genug Zeit gehabt, Kaito zu töten.
......
D... Das heißt also ...

Wenn das stimmt, was auf dem Zettel stand ...
... dann ist einer von denen, die nicht hier sind, der Zombie?
Nummer
Name
1 Sho Uraya
2 Kota Egawa
3 Yaeko Ooi
4 Jueru Ono
5 Oki Kato
6 Shuto Kido
7 Ayane Kujo
8 Leona Komori
9 Hironaga Satake
10 Rina Sayama
11 Shingo Shikata
12 Kaito Shimura
13 Yoko Sumida
14 Gen Seima
15 Marin Segawa
16 Hiroshi Seto
Kazumi Sonoda
Eri Tamaki
Yujiro Chisaka
Yudai Chimura
Akira Totsugi
Michiru Nagahori
Takehiro Numata
Hideaki Negishi
31 Genki Hiromine
32 Mitsuki Mano
33 Tatsuomi Murata
34 Taichi Meguro
35 Misato Yaguchi
36 Yukizo Yoshida
37 Tomoyuki Waki
38 Manami Watanabe
Einer von den 17 Leuten ...
... die nicht hier sind.

Stimmt ...
BLA BLA
BLA BLA
Hironaga und Mitsuki hätten beide den Zettel aufhängen können ...
... und sie sind nicht hier!
Auf jeden Fall ...
... sollten wir fürs Erste abends nicht mehr rausgehen.
Letzten Endes war das alles, was wir sicher wussten.
Und, dass wir uns vor den Klassenkameraden fürchteten, die nicht anwesend waren.

Eri im Klassenzimmer ...
Kaito auf dem Dach ...
Um weitere Panik zu vermeiden ...
... stellte die Schule den Unterricht ein.
Alle Schüler außer uns wurden nach Hause geschickt.
Wir wurden wieder und wieder befragt ...
... doch die Polizei konnte diesem höchst ungewöhnlichen Fall nicht beikommen.

Puuuh, endlich vorbei!
Hof-fentlich finden sie den Täter schnell ...
Wenn unser Täter ein Zombie ist, sieht auch die Polizei alt aus!
Oder, Sho?
PATSCH PATSCH
Hey!
Du glaubst Sho wohl nicht!
Er macht bei so was keine Wit-ze!
Weiß ich doch.
Yoko!

Er würde so was nicht sagen, um im Mittelpunkt zu stehen.
QUETSCH
Deshalb will ich ihm nicht glauben.
Ayane!
Warum denn?
Du weißt doch, dass es nicht gelogen ist!
Ganz einfach, Yoko.

Wenn Shos Geschichte stimmt ...
Wie sollen wir uns vor dem Monster schützen?
Bei einem Faustkampf hätte ich keine Probleme.
Will was!
Lecker!!
Aber gefressen werden? Das ist eine andere Liga.
Genau ...
Wenn wir etwas gegenüberstehen, das uns einfach so fressen und töten kann ...
Wie soll ich sie da beruhigen ...?

Fürs Erste soll-ten wir uns an Kotas Vorschlag halten ...
... und abends nicht alleine aus dem Haus ge-hen.
Das wird das Beste sein.
Manche werden es bestimmt trotzdem tun.
Ich gehe dann.
Also ...
Ich muss hier lang.

Eben haben wir noch darüber geredet.
Und jetzt sind die beiden alleine.
Tatsu-omi!
Melde dich, falls was ist!
Keine Sorge!
Mir passiert nichts!
Äh
Ähm ...
Sho ...
Yoko ...

Blei-
ben
wir ...
... zu-
sammen?
Bitte?
Na klar, das ma-chen wir!
PAF
DRÜCK
Hey!
Ent-scheide ni...
Sho wohnt am nächsten.
Und er hat eine Schwes-ter!
Meine Schwester geht auf eine andere Schule. Sie ist nicht da.
Natür-lich!
Waas?!

Bin wieder …
SCHLEICH
Haaal-looo!!
E…
Ent-schul-digung …
Nicht so laut!
Meine Mum schläft, sie hat Nacht-schicht!
Ach ja?
Macht's euch im Wohnzim-mer ge-mütlich.

PLING
72%
14:19
ersicht
Gruppe: Freunde
Die Überlebenden
Kota hat show eingeladen.
18 >
Kota
Beitreten
Ablehnen
Kota hat mich in eine Messenger-Gruppe eingeladen …?
Die Überlebenden
13:00
Kota hat show eingeladen.
14:19
how ist der Gruppe beige
Vermutlich, um mit denen, die vorhin noch in der Schule waren, Infos auszutauschen …
RING
PLING
PLING
Eine Nachricht? Jetzt schon?
PLING
PLIN

< 0
Die Überlebend
Mi
Hey, warum lädst du Tote ein?!
Rin
Komischer Kauz
ms
Ekelhaft
HIRO
Seltsamer
Hä?
Die beiden sind tot
14:20
Was?
Scheiße.
Was meinen die damit?
Und mit wem reden sie?
Scheiße.
14:21
Gelesen: 8
14:22
Sho hier. Was ist los? Um welche Toten geht's hier?
show
O... kay ...
TIPP
TIPP
PLING
PLING

Mi
Kota hat Eri und Kaito in die Gruppe eingeladen, dabei sind die beiden doch tot!
Rin
PEH
Miff Miff ...
14:24
Kota
Ich dachte, ich lade jeden ein, vor dem wir uns nicht in Acht nehmen müssen
Kota
War das keine gute Idee?
14:25
Nachricht eingeben
Puuuh ...
Dieser Typ ...
Kein Feingefühl, wie immer.
Ah, Sho!
Sie werden noch eine Weile auf Kota rumhacken.

Du bist spät!
Entschuldige, wir haben schon mal angefangen.
Dir verdirbt auch nichts den Appetit, Yoko.
Man muss essen, wenn man Hunger hat!
Der Körper lügt eben nicht!
Du musst auch was essen, Sho!
Wirklich?!
Meintest du nicht, du hättest nicht gefrühstückt?
Ich mach uns Tee!
Danke!

...!
Chinami, du hast ja auch noch nichts gegessen!
KÖCHEL
Danke!
Uff ... Dann ess ich auch was.
Sonst gebt ihr keine Ruhe.
Diese verflixte ...
Oh!

Das ist doch Mifu-nyan! Wie süß!
Mmh
Typisch Miyabi, das ist einfach der Hammer!
KNIPS
KNIPS
Das geht euch nichts an!
MATSCH
MATSCH
Oh!

PLING
PLING
Seit mein Handy an ist, klingelt es dauernd!
Wegen Kotas Gruppe?
Ja, genau.
PLING
Stell's doch auf »Lautlos«.
Das wird so weitergehen.
PLING
PLING
Wie ... geht das?
PLING
Mann ...
Du tippst hier und ...
Moment ...
Was ist denn ...?
Hm?

Die Überlebenden (19)
Rin
Wir sollten das der Polizei überlassen
14:28
Mi
Es war überall in den Nachrichten? Gibt's nicht noch eine Sondersendung am Abend?
14:29
Kota
Bleibt beim Thema, Leute
14:29
14:30
Kaito Shimura ist der Gruppe beigetreten.
Nachricht eingeben
Senden

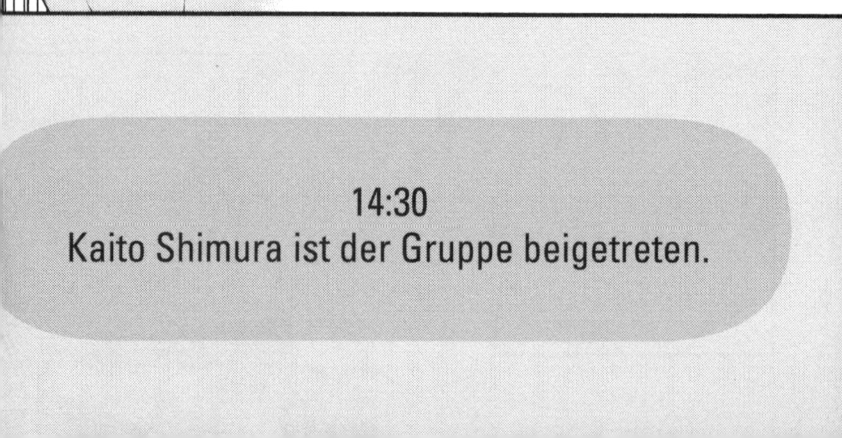

14:30
Kaito Shimura ist der Gruppe beigetreten.

Kaito Shimura ist der Gruppe beigetreten.
Mi
Hey, wer ist das? Spielst du mit Kaitos Handy rum? Ist nicht witzig.
Kota
Sei nicht so forsch, Kazumi. Es könnte seine Familie oder die Polizei sein!
Wer ist das?
Etwa diese Polizeibeamten?
Seht mal!

14:31
14:32
Kaito Shimura hat Z eingeladen.
14:32
Z ist der Gruppe beigetreten.
»Z« ...?
Was soll das denn? Einfach widerlich ...
Da benutzt doch jemand Kaitos Handy, oder?

Jueru
He, wer bist du? Jemand aus unserer Klasse?
!
Jueru ...
Z
Jueru
aus unserer Klasse?
14:32
Z
Alle hier drin werden gefressen
14:33
?!!

Hä?!
14
Z
Alle werden gefress
Pass lieber auf!
14
Alle werden gefressen
D... Das ist ein Scherz, oder?
Will er sagen ...
... dass wir auch gefressen werden?!

Ver-dammt, schnell aus der Gruppe raus!!
14:37
Rin hat die Gruppe verlassen.
14:37
Mi hat die Gruppe verlassen.
14:37
Misato hat die Gruppe verlassen.
14:38
HIRO hat die Gruppe verlassen.
14:38
Chinami hat die Gruppe verlassen.
14:38
Oger hat die Gruppe verla
Kota, das ist deine Schuld! Tu gefälligst was!
ms
Bist du blöd, Kota? Echt unfassbar!
Ich bin doch nur hier drin, weil ich eingeladen

14:48
Yoko hat die Gruppe verlassen.
Puh ... Endlich hab ich's geschafft, auszustei-gen!
Was ist mit dir, Sho? Bleibst du drin?
Was meint ihr, wie lange es diesen Zombie schon gibt?
Das frag ich mich auch ...
Der Ge-danke daran, dass die ganze Zeit über ein Menschenfres-ser in unserer Nähe war ...
Ange-nom-men ...

... dieses Monster war wirklich die ganze Zeit in unserer Klasse ...
Warum ist bis jetzt nie etwas passiert?
Warum handelt es jetzt?
Hatte es Hunger, und Eri oder Kaito waren einfach nur zufällig da?
Was interessiert uns die Denkweise eines Zombies?!

Was viel wichtiger ist ...
Sind wir wirklich sicher, wenn wir zu Hause bleiben?
Nein. So, wie dieses Monster tötet ...
... reicht das wohl nicht.
Das ist doch ...
Warum wir? Wir haben doch nichts Falsches getan ...!
Mag sein ...
69%
< 0
Die Überlebenden (7)
show
Kota
Jueru
Ayane
Seimaya
Kaito
14:50
Hör mal, Z ...
Jueru
Ich hab ne Frage
Jueru
He he he, darf ich auch was fragen?
Seimaya

Schaut euch das an.
Bist du ein Zombie, Z?
Warum hast du die Leute aus unserer Klasse getötet? Frisst du Menschen, oder was?
Warst du das mit dem Zettel?
Wenn du einfach nur fressen wolltest, hättest du doch irgendjemanden draußen schnappen können, ohne so ein Aufsehen zu erregen!
Sie bombardieren Z mit Fragen.
Diese Seimaya* könnte Rina sein ... Würde passen.
Die legen ja richtig los ...

einfach nur essen wolltest, hätte du doch irgendjemande draußen schnappen können, ohne so ein Aufsehen zu erregen!
ES EINEN MENSCHEN-FRESSER!
Ge-nau ... Warum erregt er solches Aufse-hen?
Da! Er antwortet!
Z
Jeden Tag wird einer gefressen
14:59
15:00
Z hat die Gruppe verlassen.
15:00

Hey, warte! Hau nicht ab!
Moment! Sag uns, wer du wirklich bist!
Verdammt …
Er ist mitsamt seinem Account verschwunden. Gelöscht.
Ist er nur aufgetaucht, um uns aus dem Konzept zu bringen?
Krass! Hat Rina versucht, Z auf eigene Faust aufzuspüren?

KCH
Was machen wir jetzt? Zu fünft haben wir in dieser Gruppe nicht viel zu reden, oder?
Lösen wir sie auf?
Nein, wartet!
Reicht es nicht, wenn es wenigstens wir fünf sind?
Falls irgendwas ist, können wir immerhin Informationen austauschen.
Hmpf.
Macht, was ihr wollt.

Jetzt sind wir nicht viel schlauer als vorher.
Wer war dieser Z?
Die Überlebenden (5)
show
Kota
Macht, was ihr wollt.
15:05
Jueru
Was machen wir denn jetzt?
15:06
Kota
Was heißt das?
Jeden Tag wird jemand gefressen ...?
Warum denn gerade wir?!

KNARZ
Ihr seid ganz schön laut ...
GÄHN
Mama!
Streitet ihr euch ums Essen?
Ähm, nanu?
Yoko und Chinami??
Wow, seid ihr groß geworden!
Ihr wart aber lange nicht mehr bei uns.
Moment, warum seid ihr nicht in der Schule?
POLTER

Chinami!
TAPP
TAPP
Entschuldigen Sie die Störung!!
TAPP
TAPP
TAPP
Chinami ...!
Warte!
!
Herrje ...
Sie waren schon immer so lebendig.
Yoko!
Schon klar!
Ich bleibe bei Chinami!
Sie wohnt ganz in der Nähe, passt schon!
Passt bloß auf euch auf ...

Was?
Uns bleibt nichts anderes übrig, als den Zombie zu identifizieren und zu töten
Seimaya
17:20
Rina ...
Ist das dein Ernst?
Wäre es nicht ein bisschen vorschnell, ihn gleich umzubringen?!
Ich hab keine Lust, mich mit einem Monster anzu-legen. Reicht es nicht, ih
erst mal zu finden?

STILLE
Nanu?
Keiner antwortet ...?
BRRR
50% 17:29
Die Überlebenden (5)
17:29
Neue Nachricht
17:22
gleich umzubringen?!
Ich hab keine Lust, mich mit einem Monster anzulegen. Reicht es nicht, ihn erst mal zu finden?
!
Jueru
Hab eine kurze Frage
Von Jueru?!
Wäre es nicht ein bissche gleich u
Ich hab mit eine legen. R erst mal
Ich hab prinzipiell nichts gegen Rinas Vorschlag ...
Lassen wir das Töten mal außen vor. Ich finde auch, dass wir ihn identifizieren sollten, das macht es einfacher, etwas zu unternehmen.

Jueru
Hab eine kurze Frage
17:2
Klar doch, was gibt's?
17:30
PLING
Woah!
Jueru
Ablehnen
Annehmen
J... Ja, Sho hier?
Ich bin's, Jueru.
Dass du das Monster gesehen hast … Stimmt das wirklich?
Ja, es stimmt!
Ich hab in seine Augen gesehen und bin dann bewusstlos geworden.

Ist es derselbe, der Eri und Kaito umgebracht hat?
Warum hat er dir dann nichts getan?
Das ist mir auch ein Rätsel.
Warum sagt er dann, dass wir alle gefressen werden? Das ergibt keinen Sinn.
Und was machen wir, wenn wir den Zombie gefunden haben?
So weit hab ich nicht gedacht ...
Ihn der Polizei übergeben?
Was denkst du ...
... sollten wir tun?

Ich hab doch angerufen, um **dich** zu fragen!
Stell dich nicht so an.
S... Sorry ...
Uff ... Das Telefonieren geht mir auf den Keks.
Ich komm bei dir zu Hause vorbei.
..?!
Komm mich am Bahnhof abholen, ja?
Mooo-ment, warte, warte!
Warum willst du zu ...? Nein, du weißt doch, dass du nicht alleine rausgehen ...!
....
Offen gesagt ...

... will ich nicht zu Hause sein.
Ich versteh mich mit meinen Eltern nicht so gut ...
......
Was ist mit Kazumi und Marin? Ihr hängt doch immer zusammen rum!
Neee, wir sind nicht so dicke.
Ist ein bisschen kompliziert mit uns.
Ah, okay ...

BADANK
KLICK
War das gerade ihr Schlüssel?
Willst du echt her-kommen?
Jueru
17:32
2:15
Jueru
Wir treffen uns vorm Bahnhof.
Bis gleich.

WUSCH
Sho?
Was denkt die sich?!
Wir hatten doch gerade ausgemacht, nicht alleine rauszugehen ...!!
KLACK
Und warum will sie zu mir kommen?!

Ah!
Sie ist wirklich hier ...
KEUCH
KEUCH
Sorry, dass ich so plötzlich ...
KEUCH
KEUCH
Du bist ... einfach ... nicht vorsichtig genug!
......
Du hättest mich ja ignorieren können.
KEUCH
KEUCH

Na hör mal ...
Wenn du zu so einer Uhrzeit meine Hilfe brauchst ...
... kann ich dich doch nicht ignorieren!
Erst scheucht sie mich hierher, dann sagt sie so was!
SEUFZ
Danke ...
?
Wohnst du da drüben?
Wir sollten gehen, draußen ist es doch gefährlich!

Jetzt mal ehrlich, warum ausgerechnet zu mir?
Wir haben noch nie wirklich geredet.
STARR
Bist du in mich verliebt oder so?
Spinner.
Ausschlussprinzip! In der Gruppe bist du noch die beste Wahl.
Bei dir bin ich sicherer, so einfach ist das.
Du nimmst kein Blatt vor den Mund ...
QUIETSCH
QUIETSCH

Merkwürdig ...
Normalerweise würde ich nie so neben ihr laufen.
Worüber sollen wir reden ...?
Ist doch komisch, oder?
ZUCK
Hä? W... Was denn?
Na ...
Was wohl?

Der Zettel stammt doch von jemandem, der von dem Zombie wusste.
Dann wurden die beiden getötet.
Und deshalb glauben jetzt alle dem Zettel.
IN DIESER KLASSE GIBT ES EINEN MENSCHENFRESSER!
Wenn nichts passiert wäre, hätte es jeder für einen Scherz gehalten.
Ja ...
Aber klar ... In all dem Chaos hat jeder den Mörder und den Autor des Zettels einfach in einen Topf geworfen.
KNALL
POLTER
TRAMPEL
Aber das muss nicht stimmen.

Wenn der Zettel nicht vom Zombie stammt ...
... hätte er ihn doch gesehen, als er Eri auf den Stuhl gesetzt hat.
Je mehr man darüber nachdenkt, desto unverständlicher wird es.
......
QUIETSCH
QUIETSCH
......
Hätte nicht gedacht ...
... dass Jueru so weit denkt.

Ich dachte immer, sie würde das alles nicht interessieren ...
Was ist?
Hm? Ach, nichts!
Deine Tasche sieht nur so schwer aus!
Na ja.
Zum Übernachten braucht man nun mal ein bisschen was.
PLUMPS
Zum ...

Hey!
Von Übernachten war nie die Rede!!
Ich hab's ja auch nie erwähnt.
Keine Sorge, ich bin's gewöhnt.
Das hat sie doch von Anfang an geplant!
Wie erklär ich das meinen Eltern?
Sho ...
Was ... ist das?

ZITTER
...!
Was stimmt ...
... mit dem nicht ...?
RUTSCH
TAPP
Gestatten, Zombie.
?!

D... D...
Du hast ...
... Eri und Kai-to ...?
Nein.
Ich war es nicht, der die beiden getötet hat.
A... Aber es war doch ein Zom-bie?!
Ich war es nicht.
Allerdings hat es jemand so aussehen lassen.

Je-mand? Aber wer ...?!
Ich bin hier, um dich zu bitten, das herauszufinden.
Okay ...
Gegen Jueru habe ich keine Einwände.
V...
Verarsch uns doch nicht!!

Kannst du bewei- sen, dass du sie nicht getötet hast?
Kannst du bewei- sen, dass du der Zombie bist?!
RASCHEL
?!
Diese Zähne ...!

Dieselben, die ich gestern gesehen hab ...!!
Zwei Dinge müsst ihr mir glauben ...
Ich mag unsere Klasse und ich würde meine Klassenkameraden nicht fressen.
Ich bin sogar ziemlich sauer über all das.
Ihr doch auch, oder?
Also, wollen wir ihn nicht zusammen suchen?
Den wahren Täter?

Z... Zusammen?!
Das bleibt aber unter uns.
Was zur Hölle ...
... soll das?!
Du kannst doch nicht einfach ankommen und von uns verlangen, dass wir dir vertrauen!
Was glaubst du, wer du bist?!
Hnnn ...
RITSCH

RRRATSCH
Wenn der Täter hiervon erfährt ...
Wer, glaubt ihr, wird dann sterben? Ich bestimmt nicht.
Außerdem ...
RATSCH
... wollt ihr doch sicher euer Gehirn ...
... behalten und nicht wie Eri enden?

BIBBER
BIBBER
KLAPPER
KLAPPER
KLAPPER
Wir hatten ...
... von Anfang an keine Wahl ...
Wenn wir nicht auf ihn hören ...
... sind wir tot.
Wie schön, dass wir uns verstehen.

Ich werde euch wirklich nicht fressen.
KLAPPER
Wenn ihr also etwas erfahrt ...
... dann hinterlasst eine Notiz in Schuhfach 39.
Bis bald.

Was ...?
Eben war er ...
Hä?!
Sho?!
Wohin bist du ...?
SCHRECK

Miyabiii!
TAPP
Sho hat eine Freundin mitgebracht!!
TAPP
Is nich wahr!
Komm rein.
Und sorry.
Schon wieder seltsame Klamotten ...
BEUG
M... Mein Name ist Jueru.
Entschuldigen Sie die Störung.
SÜß!
Wir gehen in mein Zimmer.
Könntest du uns Essen hochbringen?

Flirtet ihr ein bisschen?
Nein!
Sie ist nicht meine Freundin!
Puh ...
BADANK
Deine Familie ist ziemlich munter!
Das macht mich fertig.
Ah, setz dich doch.
Dieser Zombie ...
...
... ist vorhin ...
... einfach verschwunden, oder?

Ich versteh bald gar nichts mehr!!
POFF
Was wir wissen ...
... ist, dass der Zombie ein Kerl sein muss.
Sah so aus.
Wo glotzt du denn hin ...?
Nirgends!
TODESBLICK
Versuch bloß nichts, sonst hau ich dich um, klar?

KLOPF KLOPF
Hey, ihr zwei!
KLACK
Essen ist daaa!
Vielen Dank!
Hör mal ...
Wollen wir nicht später zusammen ins Bad gehen?
Hä?!

Aaaaah!
Da hat sie leider Pech gehabt.
Miyabi liebt alles Niedliche.
He he he!
Sho ...!
Dad, du bist zu Hause!
Ich habe von der Sache in der Schule gehört ...
Schön, dass es dir gut geht.
Ja ...
Einfach nur am Leben zu sein ... Das war bis gestern nichts Besonderes. Jetzt erscheint es mir wie ein Wunder.

News
Kazudora
Fum Fum
Notizen
601
Free Talk
FreeTalk
Was die anderen aus der Klasse wohl gerade machen ...?
600 ungelesene Nachrichten?!

Das Ende d
Menschheit
Das ist ein Ome
Ser-maya
Vielleicht ein Experim
Ser-maya
Wir wurden auserwählt!
Rina führ Selbstgespräche.
Kota muss das unheimlich nerven.
Sollte ich ihnen von der Sache mit dem Zombie erzählen?
»Das bleibt aber unter uns.«

Wir haben heute Abend den Zombie getroffen
Er scheint niemanden aus unserer Klasse fressen zu wollen.
Egal, was er sagt ...
... gefährlich ist er trotzdem!
Ob sie mir das alles glauben werden?
Was soll das heißen?
Du bist ihm begegnet und nichts ist passiert?

Er hat behauptet, die beiden nicht getötet zu haben.
Angeblich war es jemand anders.
Natürlich fällt es ihnen schwer, darauf zu reagieren ...
Es spielt keine Rolle, ob das wahr ist oder nicht.
Wir müssen Zombie und Täter doch nur identifizieren und uns von ihnen fernhalten!
!

Endlich meldest du dich mal
Ich hatte nichts zu sagen. Und deine Wahnvorstellungen interessieren mich nicht.
Ayane …
Das ist leicht gesagt …
Aber das Problem ist …
»Sie identifizieren und uns von ihnen fernhalten« …
Und wie identifizieren wir sie?
Das ist einfach. Wir vertrauen niemandem.

Besonders nicht denen, die gestern vorzeitig nach Hause gegangen sind.
Sie hat nicht unrecht, auch wenn das etwas extrem wirkt ...
Ich würde ja gerne mal mit denen reden, die nicht in unserer Gruppe sind ...
2 Kota Egawa
3 Yaeko Ooi
4 Jueru Ono
5 Oki Kato
6 Shuto Kido
7 Ayane Kujo
8 Leona Komori
9 Hironaga Satake
10 Rina Sayama
11 Shingo Shikata
12 Kaito Shimura
13 Yoko Sumida
14 Gen Seima
15 Marin Segawa
16 Hiroshi Seto
17 Kazumi Sonoda
18 Junya Takamura
19 Chinami Takigawa
20 Masanori Tachiki
21 Eri Tamaki
22 Yujiro Chisaka
23 Yudai Chimura
24 Akira Totsugi
25 Michiru Nagahori
26 Shizuka Nagahori
27 Sakura Nikaido
28 Ryusei Niwa
29 Takehiro Numata
30 Hideaki Negishi
31 Genki Hiromine
... aber wenn ich dabei auf den Täter stoße, bin ich als Nächster dran.
Oder sollte ich das vielleicht in Kauf nehmen und einfach drauflossuchen ...?
Hm?

Willst du schon schlafen?
SCHRECK
Jue-ru!! Was machst du hier?!
Dein Futon liegt im Gästezimmer!
I... Ich bin noch zu unruhig!
Und da hab ich niemanden zum Reden.
Außerdem ist es noch früh ...
Der Pyjama gehört doch meiner Schwester ...
Dann reden wir!

Okay!
Echt komisch.
……
Jueru, sag mal …
Würdest du lieber warten, bis der Täter gefunden wird …
… oder ihn selbst suchen und dabei dein Leben riskieren?

Trotz allem ist sie ein Mädchen, sie hat bestimmt Angst ...
Ich würde ihn suchen.
Ich will mein Leben nicht anderen überlassen.
Und du?
Ich seh's genauso.

Leute werden getötet und gefressen ...
Ich hab zwar Angst ...
... aber ...
... ich kann nicht einfach nichts tun!
LÄCHEL
......
Wir zwei passen gut zusammen!
POCH

FLAPP
Sorry, ich bin doch müde! Nacht!
Bleib ruhig hier, oder geh, mir egal!
Waaas?!
Was soll das denn jetzt?!
Sie ist so viel eigenwilliger als Yoko und Chinami ...
Das ist nicht gut!
ZZZ

BLINZEL
Hm ...?
Ju... eru?
ZZZIP
Hey!
Was tust du?
Was wohl ...?

Tun ...
... wir's?
Danke, dass ich hier übernachten darf.
Ich liebe dich.
Ich will es.
Ich will dich.
WAS?!

Darf ich dich ver-naschen?
Sho ...
Hn
Küss

Hn ...
Ngh!
Nicht so eilig.
PACK
Das wird sich gut für dich anfüh-len ...
...!

Lass mich ...
... noch mehr naschen!
GADONG
ガタン
GADANG
ゴトン
GADONG
ガタン
Ziemlich spät ...
21:26
GADANG

ガタッ
GADANG
GADONG
ゴトン

TOKYOPOP®

TOKYOPOP GmbH
Hamburg

TOKYOPOP
1. Auflage, 2019
Deutsche Ausgabe/German Edition

Aus dem Japanischen von Christopher Derbort

Redaktion: Sabine Scholz
Lettering: Vibrant Publishing Studio
Herstellung: Annika Meyer-Wülfing, Nils Bornemann
Druck und buchbinderische Verarbeitung:
CPI–Clausen & Bosse GmbH, Leck
Printed in Germany

ISBN 978-3-8420-5122-5

www.tokyopop.de

SMOKIN' PARADE

Jinsei Kataoka / Kazuma Kondou

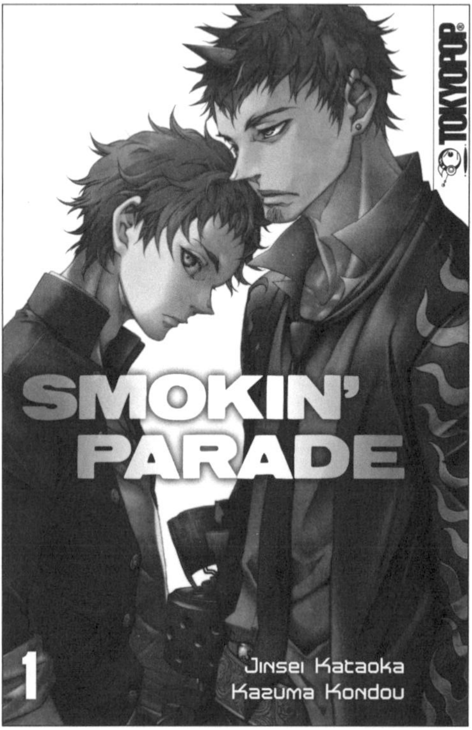

Hello & bye-bye, fucking Spider!

An Yoko Kakujos fünfzehntem Geburtstag verwandelt sich seine Schwester Mirai in ein Monster mit Stofftierkopf – auch Spider genannt. Während er dem Tod ins Auge blickt, taucht plötzlich eine Gruppe schwarz gekleideter Teufel mit Waffenprothesen vor ihm auf und rettet sein Leben. Von nun an ist er Teil einer Welt, in der nicht immer ganz klar ist, wer hier die wahren Monster sind ...

TOKYOPOP

www.tokyopop.de

STOPP!

**Dies ist die letzte Seite des Buches!
Du willst dir doch nicht den Spaß verderben
und das Ende zuerst lesen, oder?**

Um die Geschichte unverfälscht und originalgetreu mitverfolgen zu können, musst du es wie die Japaner machen und von rechts nach links lesen. Deshalb schnell das Buch umdrehen und loslegen!

So geht's:

Wenn dies das erste Mal sein sollte, dass du einen Manga in den Händen hältst, kann dir die Grafik helfen, dich zurechtzufinden: Fang einfach oben rechts an zu lesen und arbeite dich nach unten links vor. Viel Spaß dabei wünscht dir TOKYOPOP®!